詩集　微かな吐息につつまれて

小野ちとせ

土曜美術社出版販売

詩集　微かな吐息につつまれて　＊目次

Ⅰ

水のキャンバス　8
いちばん古いアルバム　10
楽譜　14
こぶしの実　18
落ちてきた一枚の葉　20
紙飛行機　24
降り積もれ　28
交信　32
過渡期　36
噴水　38
水のダンベル　42
夕暮れのブランコ　46
ミモザの空　50
木漏れ日　54
オレンジ色の坂道から　56

Ⅱ

アラスカの風 62
夜空のパズル 64
オーロラ 68
デナリへ向かう 74
白い主峰 78
カリブーの枝 82
地衣類を求めて 84
ベリーの甘さ 86
氷河の旋律 88
銀色のパイプライン 92
ストロマトライト 96
木の葉の島 102
風のうた 106

あとがき 108

カバー画／著者

詩集

微かな吐息につつまれて

I

水のキャンバス

摘み取られたものも
穫り込まれたものも
たちまち　ほどなく　色褪せて
土の色へと　かえってゆく

ありとある夢を落ち着かせ
ありとある夢を包み込み
土の　砂の　水の
無限のみちへと　かえってゆく

陽だまりのなかで
微睡みながら
女の頬は乾いていた

胸にしっかり抱えている
スケッチブックは
白紙のまま

いちばん古いアルバム

微かな波音を刻む　アルバムが
無造作に開かれている　浜辺で
さっきまで貝殻を満たしていた砂に
呼ばれたような気がした

午睡から覚めたわたしは
押入れの奥に仕舞ってある
背表紙が破れかけた水玉模様の
古いアルバムを取り出していた

あの顔　この顔
その家　あの庭

何度も何度も眺めては
朧気な幼い頃をたしかめてきた
いちばん古いわたしのアルバムに
父の姿が見えない

カメラを構え
フィルムの現像までしていた父は
一枚一枚のメモリーに誰よりも
深く向き合ってきた
今更　そのことに　気づく

いつかは　はなれてゆく娘を
引き留めるかのように
写真を撮ってくれたことがあった
作り笑いのできないわたしは
その時も少し口を尖らせて

一枚の濃淡のあわいの淵から
いつも同じ顔の父の面影が揺らぐ

あの時　この顔
その川　あの山

砂が零れ続けている

聞こえるか聞こえないかの
微かな音が
どこか遠い浜辺から

楽譜

三日月に照らされているグランドピアノが
墨筆で塗りつぶされた黒い表紙に
浮き上がるように描かれ　その下に
大正生まれの父の名前が記されている

五線譜のノートは手に入らなかったのだろう
藁半紙に　定規で五線が引かれ
端にはミリ単位に印した小さな点が五つずつ
几帳面な父の性格を偲ばせていた

音符の群れは青インクの海から鮮やかに
いまにも躍り出しそうに犇めき合っていた

ピアノもオルガンも弾くことの叶わない
貧しい青春時代のベートーヴェンの楽譜
月光ソナタの第三楽章まで
すべてを書き写すことに専念した
若かりし父の背中　そっと　叩いてみたい

＊

書斎の本棚には　がらくたみたいな
電気や機械の部品ばかりが並べられていた
父が不在のとき　物であふれた書斎に

こっそり入るのが好きだった

机の上に置かれたガラスの砂時計を
そのとき一度だけひっくり返す
器に閉じこめられている砂の
聞こえるか聞こえないかの微かな音が
何かとてつもなく大きな叫びにも想えた

引き出しの中には幾つもの
計算尺　コンパス　三角定規　……
どこで集めてきたのか　様々な色の鉱石は
名前を明記して脱脂綿の上に並べてあったが
その箱の下に仕舞われている楽譜のことなど
知る由もなかった

＊

語ることができない悲しみのように
三連符の音が静かな波形をつくり
胸の底へと流れ込んでくる

やがて迫り来る　激しい旋律を予感しながら
忘れられない　忘れてはいけない
あのことのように

落ちるだけの砂時計は
静寂へと向かう

こぶしの実

ヒヨドリがしきりに鳴く
見上げれば　虫こぶみたいな奇妙な実
ゆがんでひっぱられ　ひきつれてたわみ
ひとかたまりの握り拳となって威嚇している

春の空にあどけなく靡いていた白い花弁から
こんなにも奇妙な瘤状の果実が
滾る夏を越え　振り上げられていたのだ
それ以上近づこうとしない小鳥は

こぶしの苦みも痛さも　わかっているのか

いたさをしらないわたしのいたみ
愛の欠片は容赦なくここまで連れてきたけれど
わたしがわたしらしくあるための生きる道を
問いかけたかった　その枝に　その幹に

護られながら干涸びていく握り拳の隙間から
おずおずと　やがて大胆に朱い顔を覗かせるころ
旅立ちに備えた夢の甘さに熟しているはず

まだまだ弾けそうもない薄桃色の生々しい
こぶしのかたまりを待ちきれなくて
ヒヨドリはしきりに鳴く

落ちてきた一枚の葉

母は　青空いっぱいに広がる裸木を見上げ
ごつごつとした大樹の幹に掌を当て
いつものように言葉をかけてから歩き始めた

丸い背を包む緑色のカーディガンに
まだ枝に残っていた葉が降りてきたから
何気なくその紅い葉を拾って母に手渡した

すてきな葉っぱね

生きてきた道の果て
夕焼けの空みたい

虫食いの穴や黒い斑点
林檎の皮が赤くなる過程に似た
濃淡の変わり目は複雑にみだれて絡み
どんな思いで風雨にさらされ
日々の光と闇を受けとめてきたことか

たったいま別れを告げたばかりの
一枚の葉をそっと引きうけ
わたしはバッグのなかの本に挟んだ
あれから　一年ほど経つだろうか

手に取った文庫本から　カサリと
床に落ちてきた葉っぱは
あのときの　ソメイヨシノの

千曲川の断崖が目に浮かんでくる
低地に縄張りされた城廓　小諸城址に
母は幾たび足を運び
生きるための歌を詠んできたことだろう

ぽっかり空いた銃痕のような穴
いくつもの葛藤の黒い斑点
今はもう問いかける術もないまま
規則正しい葉脈だけが
わたしの水系と重なり　溢れてくる

いつかは
本流に流されてゆくものだから
母の空へ　さらさらと
さらさらと

紙飛行機

花冷えの風を切って　自転車でポストへ向かう
年老いた母に電話ではなく　いつでも読み返せる
ようにと　手紙を書いた朝

田舎をはなれ　一人暮らしを始めたばかりの学生
の頃　行き交う見知らぬ人々に紛れ　寂しさも悔
しさも都会の雑踏に掻き消され　ようやく大人《ひとり》に
なれた　そのことの自由を　高鳴る鼓動を抱きし
めながらビルを仰いだ　母からの手紙はきまって

コクヨの白い便箋に青インクのペン　何枚も綴られたやわらかな文字に　澄んだ田舎の空が滲んでくるのだった

並木道の桜は散りかけていた　ポストから回り道して　菜の花の咲く歩道で自転車を止める

急に痩せてしまった母と故郷で過ごした日「暗くならないうちに早くお帰り」といつものように気遣ってくれる母を残し　なぜか真っ直ぐ帰る気にはなれなかった　寂れた商店街の小さな文房具屋に立ち寄り　七色のグラデーションが混じり合ってとけてしまいそうな虹の便箋を見つけ　それがわたしをほんの少しだけ慰めてくれた

虹のお便りをありがとう
娘は　虹だからうれしいわ

浅間山を背景に虹がかかるのを　母はどれほど眺めたことがあっただろうか　筆まめだった母はいつしか手紙を書かなくなり　想い出の花で埋め尽くされた庭を眺める時間ばかりが増えていったやがて「暗くならないうちに早くお帰り」その言葉だけを忘れてしまった日から　わたしは母と過ごす濃密な時を与えられた　その夏偶然　隣の弁天様の水路に　何十年振りかで戻ってきた蛍が舞うのを見ることができた　すでに床に臥していた母にそのことを伝えると　遠くを見つめる眼差し

で微笑んでいた　それからほどなく　母は蛍みたいに冷たいお水しか欲しがらなくなった

お母さん
あっちの水は甘いですか

宛名を失ってしまった手紙は　紙飛行機にして飛ばすしかない　近くても届かない　遠くても届くかもしれない　彼方へ　娘は紙飛行機を飛ばす

降り積もれ

凍れる針は　夜の底に鋭く尖らせ
すべてのやわらかな頬を刺してゆく
避けることも逃げることもできないものの
血は滲み　とめどなく滲み

枝々をとり巻いていた小舟のような眼差しも
いまとなっては分け入ることもできず
未分化の冬芽が　かたい沈黙をまもっている

赤みを帯びた土は微かな血の匂いを放ちながら
海辺の塩の香りさえ運んできたりする
それはわたしたちが羊水から抜け出し
初めて嗅いだ匂いだろうか

雨は洗い流し歳月は散らす
（もどかしくも）
月の満ち欠けに逆らうことなく
（おぼれかけながら）
それぞれの糖度あたため熟れてゆく
（くちてゆく）

動物たちも太古から季節の匂いを嗅ぎ分け
落ち葉を踏みしめる音の違いを聞き分けながら

ときには月を横目に虚空を仰ぎ
いつ果てるともないたたかいを大地に委ねてきた

抗うことなく剝がれ落ちるものよ
地の上に降り積もれ

わたしの小さな森にも
あなたの森の未来に向かう
子どもたちの足もとにも

降り頻れ
降り積もれ

交信

新月の未明
使われなくなった子宮《うつわ》が泣き出すことがある
つられて起こされてしまうほどの辛さは
このところ何度か経験した痛みだから
青ざめる不安を振り払い身を捩り
摩りながら泣きやむのを待つ

それは産み出すこととは正反対の
誰にも祝福されることのない痛み

ひとりでじっと耐えるしかない

思い起こせば
膨張の痛みは感じることがなかった
水が招かれてできるあたたかい〈沼〉で
成長する胎児が手足を大きく動かすと
やさしく摩って声をかけた

しかし限界を見極めれば
唐突な痛みが起伏のある波となり
打ち寄せては引き　引いては打ち寄せて
恐ろしいほど正確に時を刻み始めるのだった

壮大なものと交信でもしているかのように

わたしのからだはわたしのものではなくなる

空っぽになった子宮《うつわ》は綺麗になり
いつの間にか待ち伏せする
そして　待ちあぐね　待ちくたびれ
諦めることを悟ってしまったとき
恥じらうように収縮を始め
泣き出してしまうこともあるのだろう
（痛みはわたしの所為？　わたしだけのもの？）

からだというからだはどうしようもなく
わたしたちのものではないのかもしれない

窓を開けると星がいつもより多く見える

秘かに　明滅し　浮上し　舞う
かなしいのかうれしいのかせつないのか
あるかないかのわたしは　月の
痛みとともに発光する

わたしたちは　宇宙に属している

過渡期

あの日からわたしのなかで何かが終わっている
固く泡立てたはずのメレンゲが時を食み
跡形もなく消えてしまう
そのようなものだったのかもしれない

あの日からわたしのなかで何かが始まっている
シュークリームの果実が内側から
徐々に温もり色づいてゆく
そのようなものであるのかもしれない

渇くことも罅割れることも必然であることの
シューの生地はわたしのオーブンのなか
水をくだいて膨れあがる

渇くことも罅割れることも必然であることの
空っぽのひろがりは果てない宙《そら》を夢みて
あなたのために焼きあがってゆく

噴水

躍り戯れているわけではなかった
高さの限界まで立ち上がった途端
真っ逆さまに落ちて砕け散り
すべもなく束ねられ
また連れ戻されてしまう

踊り戯れているわけではなかった
暗闇から唐突に打ち上げられ
独り占めした空で戸惑いながら

角度にまかせて弧を描けば
はからずも唄ってしまう

解き放たれるのは
奇跡的に弾き出される
ほんの僅かな水滴
儚い霧よ
そして虹よ

　歓声をあげ　笑い　叫び　もだえ
　幾千　幾万の　涙　こえ　水の声

転げ回っては跳ね返し
吹き飛ばしては受け容れて

わたしたちの世界は諾うだけで
動き始めることもあるのだから

重力に逆らう　水晶の
木のような　花のように
もっと高く　さらに清々しく
空へ向かって　飛散し
風を結び　あなたをさがす

操られ呑み込まれてしまっても
底に沈む水は連れ戻されるたび
霧の花となって解き放たれる奇跡を
きっと夢見ている

水のダンベル

水の高さを揃え　ふたつの重さを整えるため
蛇口からそそぐ　からのペットボトルに
握りしめる掌の　肩へ移動する重力の
受けとめる骨の　傷みの位置をはかるたび
パシャパシャと　プラスチックの壁に叩かれ
大小さまざまに　気泡は生まれて消える

上へ行きたがる　　空はどうしても上へ
下へ行きたがる　水はどうしようもなく下へ
一歩もゆずらず　　　せめぎあうのは
小さなボトルに　　封じ込められてもなお
水準器のように　　瞬時に水平を保つため
やすむことなく　重力は地球の中心へ向かう

振り回さなければ
激しく揺すらなければ
泡立つこともないけれど
そのかたちさえ包み込もうとする水は
瞬く間に空っぽを空へかえし
重さの底から

静まろうとする
（より柔軟なのは　空？　それとも　水？）

地軸の傾きを
月がささえているとしても
尨大な海水の重さは纏わりついたまま

骨格の歪みの
核のいたみよ
微かな兆しよ
（どこへ逃れていけばよいのだろう）

主《ぬし》の動きに隷属する関節も
月を数えて徐々にずれ

限界に達すれば頽れてしまう

わたしは水のダンベル
両手にしっかり握りしめ
きらきら光るもどかしさのバランス
舞うようにかわしながら
苛立つ気泡を
取り巻く水を
宥めてゆく

夕暮れのブランコ

いつか上げなければならない
下げてしまった重心
どこかで下げなければならない
上げてしまった重心

知らぬ間に狂っている
日々の屈伸による重心の位置
それは振り子のように変化してゆく
地軸の傾きによるズレとともに

ブランコを漕ぎ続けるため
わたしたちは並んで行ったり来たり
不安定な椅子に身を委ね
両手で握りしめてきた鎖は
冷たく捩れても壊れはしなかった

あたりまえになっていた遠心力
耳で感じることができた日は
振り落とされないよう踏ん張って
なるべく遠くを見た

高くなったり　低くなったり
揃わなくても　いつかは揃う

それぞれの空　それぞれの光
風を切る　風に乗る

小さな背中を押されたことも
押してあげたこともある
子どもたちが立ち去ったあと
夕暮れの公園でただひとり
ブランコに腰掛けた

　　ブーランコ
　ブーラン
ブーメラン

揺らしているのは

みずからの脚の角度と
避けることのできない重心の変化

わたしは戻らないかもしれないブーメラン
遠くへ放り投げ　無心に漕いだ

金星が　見えたり　隠れたり
水の地球の　微かな吐息につつまれて
こんな夕暮れ

ミモザの空

晴れ間がのぞいた昼下がり
東の空のあの辺りを垂直に降りたら
あなたの庭はレモンイエローに燃えている
その枝の隙間から今日も
遠い空を見上げているのは

あなたが剪って手渡してくれた花束の
陽だまりの明るさそのままに
台所の窓辺から微かに香っている

レモンイエローの小さなポンポンは
わたしの夜空を受け容れ
優しく宥めるように
静かに諭すように
ことばの果実をしたためていた

喪失はその分だけ広がる空もあるというのに
躊躇ってばかりいるのはなぜだろう

未知の眩しさはひかりの棘
たとえ刺されたとしても
痛みの分だけ　泣けばいい
そのための　涙は滴　雨　雫

*

もう悲しまないでください
小鳥は春を告げているのです
わたしの庭のミモザも咲き始めました

小さな輪郭の
ひとつ　ひとつ
ひとこと　ひとこと
陽だまりの温もりそのままに

恩寵のような　深い空を
見上げていた　あなたに

木漏れ日

老木が一本かろうじて立っている

近づいてみると
ひとまわり細い木が寄り添っていた
入り混じる葉は互いの枝に支えられ
木漏れ日を揺らしている

発芽した地点の巡り合わせに
適応しなければ生きられない植物は

たとえ切り立った崖の隙間にあっても
夢の城へとつくりあげてしまう

雨の日も雪の日も
葉は傘になり屋根になり
どちらからともなく手はつながれ
やくそくは交わされたのだろう

老木は静かに微笑んでいるようだ
光と風の想い出をうたいながら
つねに翌朝の小鳥の囀りを希求して
影の夢　その姿を整えてゆく

オレンジ色の坂道から

未明の冷気に抗う青い果実は
そのわずかな分だけ
日々の糖度を増してゆく
窓を開けると風の指先が
遠い日のページを捲っていた

*

ひたひたと　波のように寄せてくる　眩しすぎる

あなたの詩の海に　青くて金槌だったわたしは
溺れてしまうのをおそれるというよりも　浮かん
でしまうのをおそれたのだ

旋律はもう流れてこない　曲を付けてほしいと頼
まれても　流れを堰き止めようとしていたわたし
は悲しいほど平衡感覚を失いかけていた　だから
即座に首を横に振った　どこからともなく金木犀
の花の香りが漂ってきて　眼に沁みた

急な坂道に凹め込まれた円い輪っか模様さえ　音
符のように黒く沈ませて浮き上がらせてしまうの
は月明かりだったのか　外灯の明かりだったのか

葉陰にひっそりと連なる　蠟細工の小さな花は頑なで臆病だから　うまくつたえられないもどかしさににべもなく…　おしゃべりな風はいちはやくいいふらし　零したあとには戻すことのできないジュースの粉末のよう

わたしたちは靴底に纏いつく　無数の花びらを俯きながら　踏みしめて　踏みしめて　オレンジ色に染まる坂道の途中で手を振り　それぞれの道へ折れていった　もう振り向きもしないで

膨大な旋律は　わたしのからだのおくに刻み込まれ畳まれている　だからほんとうはいつだって密かに流れ　あふれようとしている

坂道を上がり　一人暮らしのアパートへ帰って
エレクトーンを弾いた　そして当たり前のように
ただ置かれたまま使わなくなっているメトロノー
ムの螺子を巻いてみた　行きつ戻りつ　きっちり
速度を刻み続けるメトロノームの針を見ていると
恐ろしいほど乱れない何か得体の知れない隊列を
組む行進に　すでに合わせることなどできなくな
っていたわたしは　メトロノームの錘を一番上に
ずらして　捨ててしまった

＊

今年もまた金木犀の花が香ってきました

やぶることなくこぼしつづけてきたかげが
いつもの年より明るんで見えます
どこかで
メトロノームの針が動き出したからでしょうか
あなたはいま　どこにいるのでしょう
まだ海の詩を　書き続けていますか

Ⅱ

アラスカの風

足もとを照らしながらロッジへ向かう
土を踏みしめる音
ダウンコートの擦れる音　その音だけが
底知れぬ遥かな闇から地上に生まれ
こうして歩いていることを証しする

歩く　歩いている
あたりまえのことが　不思議で贅沢で
夢に戻ってしまいそうな感覚に

わたしは立ち止まり深呼吸する
草の　土の　水の　けがれ無き匂いを
いつだっておぼつかないわたしの五体の隅々まで
少しでも甦らせるために

忘却の刷毛で顔《ひふ》を撫でてゆく
風の　来し方行く末の　渦よ
スパイラルスパイラル

山脈は青藍の透けるセロファンに変容し
夜の空にとけかかっていた
鏤められている
星の無限

夜空のパズル

靄のようなオーロラのたまごは
なかなか目覚めてくれないから
わたしは解けるはずのないパズルに溺れ
途方もない迷路の淵で彷徨っていた

気を取り直してもう一度　大熊座を見つける
頭上の北斗七星から軸を伸ばし
ひときわ輝く北極星を見つけ出したら
小さな柄杓を象る小熊座をさがし続けた

離れるはずのない　カリストとアルカスよ
夥しい数の星が見えてくればくるほど
点と点を結ぼうとしても　線に見放されてしまうから
ただ徘徊しているだけのわたし　首が痛くなる

動物たちも畏れながら
満ち欠けをくりかえす月のかたちや
星を眺めることもあるだろう
オーロラを待つこともあるのだろうか

＊

太陽は輝く星の点として　どこかの惑星から

名付けられているのかもしれない
わたしたちが見たこともないものに準え
どんな伝説が紡ぎ出されているのだろう

あの星から見たら　地球は黒い点
宇宙の深海に存在する無数の
限りない惑星のなかの　ひとつなのだ

目を逸らさなければ
ミズスマシのように潜ってゆく
小さな光線の儚い尾ひれ
あっけなく消えてしまうものだから
流れ星に願い事などできるわけもない

同じ方向を見る人
　　見ようとする人
同じ方向を見ない人
　　見ようとしない人

遥かな惑星から
同じ方向を見ようとしないもの同士
偶然ひとつの　同じ星を見つめていたとしたら
いつか異星人と結ばれる　なんてね
記憶を消して　星から星へ　何万光年もひとっ飛び

　水の惑星　地球へようこそ

オーロラ

しなやかに姿を変える
軽やかな炎の揺らめき
いったいどこからどのように湧き出し
優雅に巻き込んでゆく
透けるシフォンの滑らかな襞の
息をのむほどの不可解な激しい動きは
彩ることでわたしたちのことばを奪い
彩ることでわたしたちにことばを与え
拡散

脈動

散り散りになったり
ものすごい速さで広がったり
たちまち暗い渦のなかへ
吸い込まれるように走り去ったり
手を伸ばしたら届きそうで届くはずのない
精神のありよう
無音のひらひら
遥かなオーロラよ
行き場のない太陽風は
地球の磁場の隙間から入り込み
ひねりだして浮かび上がらせる色彩はすべて
地上の植物がつくり出す色でもあるのだ

仄白い北の空から
　生まれてくる兆し
　　期待しすぎれば
　　　萎んでしまうものだから
　　子どものころ遊んだことのある
　占いでもしながら待っていよう
　靄のように燻ぶっている
　未熟なオーロラよ
軽やかなシフォンのカーテンは
気体？　希代？　奇態？
　　ひかれる
　ひかれない
ひかれる

静かに流れくる不可思議な躍動は
夜が来なければ姿を現すこともない
　地球圏の外側を流れる太陽風の
　　とらえ難い襞はプラズマの流れ
　　正と負　プラスとマイナス
　　　昼と夜　肉体と精神
なにもかもが絶妙なバランスで
　偶然と極限の淵から誕生し
　　　生きとし生けるもの
　　　すべてを彩り
　天蓋をひろげようとする
　夜の底で満ちる冷気に震え
いにしえからの沈黙に耳を澄ませば
唐突にひかりは舞い上がる

寡黙でぼんやりとした
エメラルドグリーンのひかりの卵は
点いたり消えたりしながら
古びた外灯のように
わたしの夜の底で
あたためられる

デナリ*へ向かう

朝霧の通う　シラカバやアスペンの黄葉が混在するトウヒの森を抜けて行く　真っ白なデナリへ向かって　ただ一本の砂利道はのびている　山は幾重にも連なり　どこまでも続く原野に　人がつくり出したものは何も見えてこない　うっすらと漂っていた霧が晴れると　いままで見たこともない太い虹がかけられた

切り立った崖のカーブを曲がりきれば　疎らにな

った背丈の低いトウヒだけが　円錐形の頭をツンツン尖らせ　目前に迫る冬と交信していた　紅葉が織りなす絢爛の波のうねりは　網状河川をものともせず　向こうの山裾まで染め上げている　清冽な風につつまれたわたしは　ナキウサギの声にじっと耳を澄ませる

＊

鳥肌が立つほどの弱肉強食の世界は　動物たちの聖地　必ずしも弱いものが餌食になるわけではなく　賢いものが残るとも限らない　あたたかく生まれ落ちる風は　何を受け継いで吹くのだろう

不意にバスが停まり　目のまえをハイイロオオカミが横切っている　バスにはまったく興味なさそうな振りをして　群れから離れたオオカミ一匹何処へ帰るとも知れず　春が過ぎた初老の紳士のように　さり気なくヒトの匂いを嗅ぎながら　とぼとぼと砂利道を下っていった

強さと弱さ　繁栄と衰退　移り変わる紙一重の偶然であることの必然は　さみしさとの比較に翻弄される　手繰り寄せれば　どこかで繋がり合う植物も動物もわたしたちも　そして風も

＊　マッキンリー山は二〇一五年より「デナリ」が公式名称となる。

白い主峰

終点でバスを降りると
吐く息が白い
今朝うっすらと積もった雪を
大地の温もりが斑に融かし
波打つ記憶のかたちを露わにしていた

圧倒的な比高をもつデナリは
上半身を雲で覆い隠して動かない
あきらめて帰ろうとすると

時おり青空が透けて　顔をのぞかせる
わたしたちを引き留めようとするかのように
見えたり　隠れたり

背後には　U字谷をうねる川
雪にすっぽり覆われてしまうまえの
そこだけ不思議に白く光っている川は
短い夏の間に　激しく複雑に絡み合った　水の痕跡
流れから取り残された　おいてけぼりの池は
まるく端正な姿を整えていた

何もかも　静かに
冬の到来を待っている

雲だけが激しく動いている　あそこでは
ブリザードが吹き荒れているのだろう

無数のクレバスを抱えた氷河の
途轍もない深さに想いを馳せる

なぜこんなにとおくまで
きてしまったのかとおもう
なにもかえることができないまま
ひきかえさなければならない

いままでとけることのなかった
白い主峰
その亀裂の奥では

行方不明の山男たちの
夢まで引きうけ凍結したまま
厳しい寒さであり続けるための
真のあたたかさを想う

カリブーの枝

カリブーの角は
隠そうとしても隠しきれない枝
身じろぎもせず　木になりすましている
微かに葉が揺れているのは　風ではなく
もしも子どもだとしたら
母親の足もとで怯えているのだろう

今しがた坂道を下って行った
あのオオカミに気づいたからだろうか

停まったバスは石ころになって
わたしたちも息を潜めると
あたりの静けさはいっそう深まり
鳥の声さえ聞こえてこない

もうだいじょうぶよって言いたいけれど
灌木に紛れているカリブーの枝は
ジグソーパズルの最後のピースのようで
軽はずみに声をかけることなどできはしない
石ころが去ったあと　鳥の鳴き声で
あの枝は動き出すだろう

地衣類を求めて

躓きそうになったら　カリブーの角が　古木の忘れもののように落ちていた　軽そうに見えても　ひとりでどうにか持ち上がるほどの厳かな重力は　わたしの両腕を突き抜け　大地を踏みしめる足裏まで伝わってくる　（ようやく会えたね）

生きるために与えられる動物の角　時には攻撃に使われるカリブーの武器は　相手を守るようにもつくられている　方向を指し示す円錐形の先端　枝わかれした角はすべてカーブしながら　頭上で　空という空をいっぱいに抱え込む　（やっと出会えたね）

年ごとに落ちて　また生えてくるカリブーの　何十万頭もの夥しい
角はどこに埋もれているのだろう　行き先など　わかるはずもない
果てしない原野を　縦横無尽に駆け抜けて行く　不協和音を響かせ
ながら　地衣類を求めて移動する　その大移動の足音が　遠くから
聞こえてくるような気がする

根を持たない地衣類は　無味無臭の放射性物質を食べ　蓄積するこ
とを覚えてしまった　セシウムはひかりを帯びて同化する　皿状の
壺状の　溝状の　水系模様　ツンドラの地にもさもさと　マット状
に群生する灰白色の地衣類は　カリブーの角を形づくる

ベリーの甘さ

永久凍土の上の苔を踏みしめ
わたしは太古からめぐる風のなかにいた
秋はたった一日で白紙のように
消されてしまうこともあるという

夏日の終わりを数えていたヤナギランの丘を越え
ブルーベリーの一面の紅葉に染まりながら
幸運にも果実を摘むことを許されていた

靄がかかった青黒い実に　刺激的な酸っぱさはもうない
アントシアンの控えめな甘さだけが皮を破り
舌の上でほどけてひろがる

茂みのなかのわたしのからだが弾いて　光る露玉が
服に　足もとの苔に　吸い取られてゆく

向こうの赤い丘の斜面に目を凝らせば
グリズリーがわき目もふらず果実を食べ続けていた
冬を乗り越えるため
すでにまるまると太った母親の後を
二匹の小熊はじゃれあいながらついて行く

（また長い冬が来るのね）

氷河の旋律

ほのかに碧い
氷の塊は固い岩
静止しているように見えても
微かに動いているのだ
吼えたり
唸ったり
呟いたり
笑ったり
ときには大音響で合唱し

裂けてゆく

与えられるかたちに
おのずから逆らう螺旋状の歪みこそ
狂おしい軋み
かろうじてとどめている氷の
割れ目こそ原型的旋律
短音階の
暗がりの奥へさらに罅割れ
屈曲していく迷路は
網状にひろがり
遥かな底へと向かうクレバスは
有機体の叫び
深さなど

はかれる手立てもなく
軽はずみにのぞこうとしてはいけない

刻々と海をめざす氷河は
液体でもなく
時間でもない
あたえてはうばい
うばってはあたえ
いつしか跡形もなく消えてゆく
その輪郭
その亀裂

裂けることで繋ぎ留め
毀しては裏返り

巻き返して落ちる響きこそ
海へもどろうとする共鳴の産声

そうして水はかつて凍っていたという
ひとつの記憶さえ
伝える術もなく
塩辛い海に同化し
あなたをうつしだすことで
あなたからうつしだされることで
仄かに碧く微笑みながら
波になり
渦になり

銀色のパイプライン

山の起伏は波打ちながら
遥かな海へと向かう　フェアバンクス郊外
針葉樹林を掻き分け　連なる原野をひた走る
一本の巨大なパイプライン

白い山脈を突き抜け　大小無数の河川を越え
凍てつく地の果て　北極海の底から
燃える水を運ぶ　銀色の管

何百何千年　あるいは数億年
封印されていたのかもしれない
汲み上げられる粘り気のある水は
地球の混沌とした　黒みがかった血液

洗っても洗っても拭い去ることの困難な
揮発性の臭気さえ　原初の記憶をとどめたまま
いつかは激しく燃え尽きることを
望んでいただろうか

後戻りすることなどできるはずもなく
昼夜を問わず運ばれていく液体は
容赦なく分解され精製され
朽ちることのできない

かたちあるものへと
夥しく生みだされる

強く望んでいたわけではないけれど
あればつい求めてしまうわたしたちを
潤すのか
冒すのか

*

木立ちの隙間から
ゴールドラッシュ時代の痕跡が
ボタンホールのように見え隠れし

燃えることのできる木が
朽ちることのできる木が
背後に無言で佇んでいた

分け入っても
差し出される方向へ
すすまなければならない
おずおずと　はからずも大胆に
せつなくむなしく　とぷとぷどろどろ
闇のなかをうねりながら
流され　流れて　ゆく

ストロマトライト*

眠りにつく前の日記は
一日一枚の生きた証し
表面をそっと撫でたら
明くる日の新しい頁が
太陽の光を待っている

地上にまだ生物がいない
存在することも叶わなかった
ぎりぎりのながいながい時代

月の誕生から海は潮の満ち干を覚え
自転の速度は変化してきた

億年という歳月をかけ
微かな現象は生まれ
億年という歳月をたたえ
おまえたちのおかげで地球は現在《いま》
あらゆるもので花盛りだ

日の出から日の入りまで
海の底のシアノバクテリアは
陽の光を受けたことの記録を重ね
ストロマトライトを編み続けてきた

分厚い氷の下の深い水底
たとえ真っ暗闇だとしても
小数点遥か第何位ほどの光は届くのだった

そのような僅かな陽の光から
光合成をあみだしていた
畏るべし原核生物
シアノバクテリアの
ながいながい道すじは
あまりにも慎ましくいじらしく
最小限の行為であったとしても
おまえたちのおかげで地球は現在《いま》
想像を絶する賑やかさだ

眠りにつく前の日記は
一日一枚の生きた証し
表面をそっと撫でたら
明くる日の新しい頁が
太陽の光を待っている

日々の記録を百年かけ
三センチメートルを編む
岩石《いし》の詩集『ストロマトライト』の
ドーム状の堆積は固く結ぼれ
読み解くことはできないけれど

目を凝らせば小さな気泡が浮上している
新しい頁が作られているのだ

瘤の先端は柔らかくぬめぬめとした
布のようなものにくるまれ
歪んだ椅子のような毛羽立った表面は
つねに太陽の方向に傾ぐ

億年の歳月を経て
辿り着いたわたしたちの細胞にも
きっとおまえたちは隠れ住む

歪んだ椅子を
わたしにそっと
差し出しているのだから

＊　ストロマトライト…三十数億年前から生息する世界最古の生物。西オーストラリア・シャークベイ等のごくわずかな水域では現生している。藍藻（シアノバクテリア）類と堆積物が何層にも積み重なって形成される。

木の葉の島

たちこめていた霧の窓が開くと　眼下にケープタ
ウンの瀟洒な街並みが広がっていた　ここがアフ
リカだろうか　湾曲した海岸線を南へ辿っても
喜望峰は茫漠として見えない

ライオンズヘッドの向こうに浮かぶ　木の葉のか
たちのロベン島*は白い波にぐるりと囲まれている
バスコ・ダ・ガマの大航海時代　それよりずっと
以前からも　鮫が生息する海域は　荒波が飛沫を

あげ　静まることなどなかったのだろう

逃げることのできないロベン島から　あの頃の囚われ人たちは理不尽な目に遭いながら　ただ祈るように眺めるしかなかった　このテーブルマウンテンの頂や　変幻自在な雲ばかりを　やがて祈りや願いは闇に溶け　白い霧へ生まれ変わり　大陸へと流れ着くこともあるのだろう

彼らに突き刺さる針をすべて引き受け　けなげにピンクッションは咲いていた　ここにもあそこにも　岩肌から顔を出すワイルドフラワーの　ひとひらひとひら　ひとことひとこと　それはときとして一斉にかたりかけてきたりする　浸食され鷲

くほど平たくなった岩山には　近づくことのできない深い亀裂が無数にあるのだった

ふたたび霧の窓が閉じてくる　見えていたものが見えなくなってくる　あの島も眼下の街も　あの人もその花も　そして自分の足もとしかわからなくなる　瞬時の途惑いに　すべてのものを切り離し　包み込み隔離して　誰もが逸れられないひとりであることの意味を見出さなければならないとしたら　わたしはそれさえも閉じられてしまう虚しさに怯えないためにも　いま　霧を愛す

植物はいっせいに触手を伸ばし　微小な水滴から恵みを受ける　わたしもかわいてこわばっていた

触手を　両手をひろげて出してみる

空中ケーブルは回転しながら　異国の人々の笑い
を乗せて降りて行く　海の方へわたしの窓が向け
られたとき　すでに流刑地としての役割を終えて
いたロベン島が　ふわりと揺れ動くのを見た

＊　ロベン島…過去にハンセン病患者の隔離、反アパルトヘイト運動の活動家たち
が政治犯として収容されていた南アフリカの監獄島。

風のうた

石は草原に積み重なっていた
埋もれてゆく植物や動物の
混沌とした時代の先端から
天空に向かって起き上がろうとする
その石は　ヒトのかたち
万物を内包する多面体の頭部
肩の接点
そこから力強く支えられ
何かが流動しているのだった

石は草原に積み重なっていた
隙間から滴り落ちる薄紅色のしずく
サクラ　アカツメクサ　或いはヒースの
花弁の滲みは数多のたたかいの庭を超え
仄かに発光し続けるだろう

石は草原に積み重なっている
臆病な羊の群れを囲う現在《いま》
なだらかな地平の向こうから向こうへ
くぐもった薄紅の匂いを運ぶ風は
滅びた時代をそっと捲りあげながら

あとがき

地球の営みのなかで、私たちは水時計、或いは砂時計のように、ささやかないのちをこぼしながら生きています。

同じ景色を眺めても、それぞれの経験によって違って映り、見るものも感じとることも異なるのは、私たち一人一人が各々の風景（物語）を背負っているからなのでしょう。

前詩集『記憶の螺旋』から五年が経ちます。その間に、母を亡くし、大切な人も何人か亡くしました。原風景は変わらなくても、私を取り巻く世界は変化し続けています。

両親が結婚して間もない戦後の混乱期、私が生まれる少し前まで、自家の離れに父の恩師のご家族が住まわれていました。当時中学生だったご長男が、後にアラスカ大学でオーロラの研究者として活躍されているということは両親から聞いていましたが、数年前に偶然お会いする機会を得たのは亡き父のはからいであったような気がします。叶うことなら父も行きたかったに違いない、広大なアラスカの地へ私が訪れたのは、七年前の晩夏。どこまでも広がる想いに戸惑いながらも、拙いものを書くことができました。両親とアラスカを、奇しくも本詩集で繋ぐことができたのは、背中を押してくださった、清水茂先生のお蔭でもあります。清水先生には帯文も賜り、心から感謝しています。

今回も、土曜美術社出版販売の高木祐子社主にお世話になりました。スタッフの方々にも懇切丁寧なアドバイスをいただき、この場を借りて、皆様に厚く御礼申し上げます。

二〇一九年十月

小野ちとせ

著者略歴

小野ちとせ（おの・ちとせ）

1953 年　長野県生まれ

2009 年　詩集『ここに小さな海が生きている』（土曜美術社出版販売）
2014 年　詩集『記憶の螺旋』（土曜美術社出版販売）

日本現代詩人会　日本詩人クラブ　埼玉詩人会　埼玉文芸家集団　各会員
詩誌「プリズム」同人

現住所　〒350-0035　埼玉県川越市西小仙波町 2-5-11

詩集　微《かす》かな吐《と》息《いき》につつまれて

発行　二〇一九年十二月三日

著者　小野ちとせ
装丁　直井和夫
発行者　高木祐子
発行所　土曜美術社出版販売
〒162-0813　東京都新宿区東五軒町三―一〇
電話　〇三―五二二九―〇七三〇
FAX　〇三―五二二九―〇七三二
振替　〇〇一六〇―九―七五六九〇九
印刷・製本　モリモト印刷
ISBN978-4-8120-2549-9　C0092